Prosper Mérimée

La Chambre bleue

Prosper Mérimée

La Chambre bleue

Copyright © 2022 Prosper Mérimée (domaine public)

Édition : BoD – Books on Demand, 12/14 rond-point des Champs-Élysées, 75008 Paris.

Impression : BoD - Books on Demand, Norderstedt, Allemagne.

ISBN : 9782322393671

Dépôt légal : mars 2022

Tous droits réservés

Ce livre a été produit et maquetté par Reedsy.com

La nouvelle *la Chambre bleue* a été publiée dans les numéros des 6 et 7 septembre 1871 de *l'Indépendance belge*, avec un avertissement, non signé, de M. Gustave Frédérix, le critique littéraire du journal, que voici :

« Nous avons la bonne fortune de pouvoir offrir à nos lecteurs une nouvelle inédite de Prosper Mérimée. Cela s'appelle *la Chambre bleue*. De l'inédit de l'auteur du *Théâtre de Clara Gazul*, de *Colomba*, et de toutes ces œuvres qu'on n'oubliera pas, on conçoit que nous nous soyons empressés de le recueillir.

Ces pages qui arrivent maintenant au public n'étaient pas écrites pour lui. C'est de la littérature de boudoir, du drame de château. Cela vient, non pas d'une bibliothèque ou d'un cabinet de travail, mais de cet amas de toutes sortes, dont on n'a pas vu les parties les plus curieuses, et qui formait : les Papiers des Tuileries.

L'histoire des lettres n'offre guère de chef-d'œuvre clandestin. Les belles choses veulent le grand air, le soleil et le bruit. La *Chambre bleue* n'est pas destinée à démentir cette vérité. Mérimée a écrit cela pour une lectrice dont le goût n'était pas sévère. Il avait fait pour Sa Majesté le public : *la Prise d'une redoute*, *Matteo Falcone* ; il a jugé suffisant de faire pour Sa Majesté l'Impératrice : *la Chambre bleue*.

Pourtant l'auteur de *Colomba* n'est pas absent de cette nouvelle innocente que nous publions. On le retrouve avec son art de serrer le récit et de n'assembler que des détails nécessaires et vrais. Mérimée, a dit Musset dans un vers d'une image frappante,

Incruste un plomb brûlant sur la réalité.

Cette image à l'emporte-pièce, qui s'applique si bien à tant de contes et de drames enlevés dans leur brièveté saisissante, peut être rappelée à propos de *la Chambre bleue* ; c'est du Mérimée retour de Compiègne, du Mérimée de charades et de jeux innocents, mais c'est encore du Mérimée.

On a publié le catalogue de la bibliothèque de Marie-Antoinette, – catalogue singulièrement chétif et malheureux. – Ce n'est pas la même curiosité qui nous fait publier ce qui a dû être une lecture favorite de l'admiratrice la plus officielle de Marie-Antoinette. Mais les moindres fantaisies d'une plume comme celle de Mérimée ont droit au plein jour. C'est pourquoi nous sommes heureux d'ouvrir la fenêtre de *l'Indépendance* à *la Chambre bleue*. »

La Chambre bleue devait être comprise dans la publication officielle des Papiers de l'Empire. Nous avons pu collationner le texte donné par *l'Indépendance* avec une copie *certifiée conforme*.

M. Jules Troubat, le dernier secrétaire de Sainte-Beuve, dans un livre qu'il a publié récemment sur son illustre maître, a raconté, à propos de *la Chambre bleue*, une anecdote entendue de la bouche de Prosper Mérimée, en conservant dans son récit le ton et les expressions mêmes du narrateur :

M. Mérimée... à qui l'on ferait en vain aujourd'hui un crime ou un scandale de certaine *nouvelle* récemment exhumée, a raconté lui-même un soir, en petit comité, qu'il avait écrit une « petite chose » *très drôle* pour l'impératrice, et qu'il la lui avait même léguée par testament. Cette « petite chose, » la reine d'Espagne, dans un séjour à Biarritz, eut un jour envie de la connaître, et la fit demander, dans ces termes mêmes, à M. Mérimée, par un de ses aides-de-camp qui vint l'accoster à la promenade : « Monsieur Mérimée, la reine m'a chargé de vous demander la petite chose que vous avez écrite pour l'impératrice. – Veuillez dire à la reine, répondit le spirituel académicien, que ma petite chose appartient à l'impératrice, et que je ne la lui prêterai que si ma souveraine me le permet. »

Ceci peut passer pour un commentaire de l'auteur de *la Chambre bleue* sur le caractère quelque peu léger de son œuvre.

On nous dit que l'impératrice Eugénie avait pris le nom de *la Rhune* d'une localité aux environs de Biarritz, où elle aimait à faire des parties de plaisir.

Biarritz, septembre 1866.

Un jeune homme se promenait d'un air agité dans le vestibule d'un chemin de fer. Il avait des lunettes bleues, et quoiqu'il ne fût pas enrhumé, il portait sans cesse son mouchoir à son nez. De la main gauche il tenait un petit sac noir qui contenait, comme je l'ai appris plus tard, une robe de chambre de soie et un pantalon turc.

De temps en temps il allait à la porte d'entrée, regardait dans la rue, puis tirait sa montre et consultait le cadran de la gare. Le train ne partait que dans une heure, mais il y a des gens qui craignent toujours d'être en retard. Ce train n'était pas de ceux que prennent les gens pressés : peu de voitures de première classe. L'heure n'était pas celle qui permet aux agents de change de partir après les affaires terminées, pour dîner dans leur maison de campagne. Lorsque les voyageurs commencèrent à se montrer, un Parisien eût reconnu à leur tournure des fermiers ou de petits marchands de la banlieue. Pourtant, toutes les fois qu'une femme entrait dans la gare, toutes les fois qu'une voiture s'arrêtait à la porte, le cœur du jeune homme aux lunettes bleues se gonflait comme un ballon, ses genoux tremblotaient, son sac était près d'échapper de ses mains et ses lunettes de tomber de son nez, où, pour le dire en passant, elles étaient placées tout de travers.

Ce fut bien pis quand, après une longue attente, parut par une porte de côté, venant précisément du seul point qui ne fût pas l'objet d'une observation continuelle, une femme vêtue de noir, avec un voile épais sur le visage, et qui tenait à la main un sac de maroquin brun, contenant, comme je l'ai découvert dans la suite, une merveilleuse robe de chambre et des mules de satin bleu. La femme et le jeune homme s'avancèrent l'un vers l'autre, regardant à droite et à gauche, jamais devant eux. Ils se joignirent, se touchèrent la main et demeurèrent quelques minutes sans se dire un mot, palpitants, pantelants, en proie à une de ces émotions poignantes pour lesquelles je donnerais, moi, cent ans de la vie d'un philosophe.

Quand ils trouvèrent la force de parler :

— Léon, dit la jeune femme (j'ai oublié de dire qu'elle était jeune et jolie), Léon, quel bonheur ! Jamais je ne vous aurais reconnu sous ces lunettes bleues.

— Quel bonheur ! dit Léon. Jamais je ne vous aurais reconnue sous ce voile noir.

— Quel bonheur ! reprit-elle ; prenons vite nos places ; si le chemin de fer allait partir sans nous ! (Et elle lui serra le bras fortement.) On ne se doute de rien. Je suis en ce moment avec Clara et son mari, en route pour sa maison de campagne, où je dois *demain* lui faire mes adieux… Et, ajouta-t-elle en riant et baissant la tête, il y a une heure qu'elle est partie, et demain… après avoir passé la *dernière soirée* avec elle… (de nouveau elle lui serra le bras) demain dans la matinée… elle me laissera à la station où je trouverai Ursule que j'ai envoyée devant chez ma tante… Oh ! j'ai tout prévu ! Prenons nos billets… Il est impossible qu'on nous devine. Oh ! si on nous demande nos noms dans l'auberge ? J'ai déjà oublié…

– Monsieur et madame Duru.

– Oh ! non. Pas Duru. Il y avait à la pension un cordonnier qui s'appelait comme cela.

– Alors, Dumont ?…

– Daumont.

– À la bonne heure ; mais on ne nous demandera rien.

La cloche sonna, la porte de la salle d'attente s'ouvrit, et la jeune femme, toujours soigneusement voilée, s'élança dans une diligence avec son jeune compagnon. Pour la seconde fois la cloche retentit ; on ferma la portière de leur compartiment.

– Nous sommes seuls ! s'écrièrent-ils avec joie.

Mais presque au même moment un homme d'environ cinquante ans, tout habillé de noir, l'air grave et ennuyé, entra dans la voiture et s'établit dans un coin.

La locomotive siffla et le train se mit en marche. Les deux jeunes gens retirés le plus loin qu'ils avaient pu de leur incommode voisin commencèrent à se parler bas, et en anglais par surcroît de précaution.

– Monsieur, dit l'autre voyageur dans la même langue, et avec un bien plus pur accent britannique, si vous avez des secrets à vous confier, vous ferez bien de ne pas les dire en anglais devant moi. Je suis Anglais. Désolé de vous gêner, mais dans l'autre compartiment il y avait un homme seul, et j'ai pour principe de ne jamais voyager avec un homme seul… Celui-là avait une figure de Jud. Et cela aurait pu le tenter. (Il montra son sac de voyage qu'il avait jeté devant lui sur un coussin.) Au reste, si je ne dors pas, je lirai.

En effet il essaya loyalement de dormir. Il ouvrit son sac, en tira une casquette commode, la mit sur sa tête, et tint les yeux fermés pendant quelques minutes ; puis il les rouvrit avec un geste d'impatience, chercha dans son sac des lunettes, puis un livre grec ; enfin il se mit à lire avec beaucoup d'attention. Pour prendre le livre dans le sac, il fallut déranger maint objet entassé au hasard. Entre autres il tira des profondeurs du sac une assez grosse liasse de billets de la banque d'Angleterre, la déposa sur la banquette en face de lui, et avant de la replacer dans le sac, il la montra au jeune homme, en lui demandant s'il trouverait à changer des banknotes à N ***.

– Probablement. C'est sur la route d'Angleterre.

N *** était le lieu où se dirigeaient les deux jeunes gens. Il y a à N *** un petit hôtel assez propret, où l'on ne s'arrête guère que le samedi soir. On prétend que les chambres sont bonnes. Le maître et les gens ne sont pas assez éloignés de Paris pour avoir ce vice provincial. Le jeune homme que j'ai déjà appelé Léon, avait été reconnaître cet hôtel quelque temps auparavant, sans lunettes bleues, et sur le rapport qu'il en avait fait, son amie avait paru éprouver le désir de le visiter.

Elle se trouvait d'ailleurs ce jour-là dans une disposition d'esprit telle, que les murs d'une prison lui eussent semblé pleins de charmes, si elle y eût été enfermée avec Léon.

Cependant le train allait toujours ; l'Anglais lisait son grec sans tourner la tête vers ses compagnons qui causaient si bas que des amants seuls eussent pu s'entendre. Peut-être ne surprendrai-je pas mes lecteurs en leur disant que c'étaient des amants dans toute la force du terme, et ce qu'il y avait de déplorable, c'est qu'ils n'étaient pas mariés, et il y avait des raisons qui s'opposaient à ce qu'ils le fussent.

On arriva à N ***. L'Anglais descendit le premier.

Pendant que Léon aidait son amie à sortir de la diligence sans montrer ses jambes, un homme s'élança sur la plateforme, du compartiment voisin. Il était pâle, jaune même, les yeux creux et injectés de sang, la barbe mal faite, signe auquel on reconnaît souvent les grands criminels. Son costume était propre, mais usé jusqu'à la corde. Sa redingote, jadis noire, maintenant grise au dos et aux coudes, était boutonnée jusqu'au menton, probablement pour cacher un gilet encore plus râpé. Il s'avança vers l'Anglais, et d'un ton très humble :

— Uncle, lui dit-il…

— Leave me alone you wretch ! s'écria l'Anglais, dont l'œil gris s'alluma d'un éclat de colère ; et il fit un pas pour sortir de la station.

— Don't drive me to despair, reprit l'autre avec un accent à la fois lamentable et presque menaçant.

— Veuillez être assez bon pour garder mon sac un instant, dit le vieil Anglais, en jetant son sac de voyage aux pieds de Léon.

Aussitôt il prit le bras de l'homme qui l'avait accosté, le mena ou plutôt le poussa dans un coin où il espérait n'être pas entendu, et là, il lui parla un moment d'un ton fort rude, comme il semblait. Puis il tira de sa poche quelques papiers, les froissa et les mit dans la main de l'homme qui l'avait appelé son oncle. Ce dernier prit les papiers sans remercier, et presque aussitôt s'éloigna et disparut.

Il n'y a qu'un hôtel à N *** ; il ne faut donc pas s'étonner si au bout de quelques minutes tous les personnages de cette véridique histoire s'y retrouvèrent.

En France, tout voyageur qui a le bonheur d'avoir une femme bien mise à son bras est sûr d'obtenir la meilleure chambre dans tous les hôtels ; aussi est-il établi que nous sommes la nation la plus polie de l'Europe.

Si la chambre qu'on donna à Léon était la meilleure, il serait téméraire d'en conclure qu'elle était excellente. Il y avait un grand lit de noyer, avec des rideaux de perse où l'on voyait imprimée en violet l'histoire tragique de Pyrame et Thisbé. Les murs étaient couverts d'un papier peint représentant une vue de Naples avec beaucoup de personnages ; malheureusement des voyageurs désœuvrés et indiscrets avaient ajouté des moustaches et des pipes à toutes les figures mâles et femelles, et bien des sottises en prose et en vers, écrites à la mine de plomb, se lisaient sur le ciel et sur la mer. Sur ce fond pendaient plusieurs gravures : Louis-Philippe prêtant serment à la Charte de 1830 ; la première entrevue de Julie et de Saint-Preux ; l'Attente du bonheur et les Regrets, d'après M. Dubuffe.

Cette chambre s'appelait la chambre bleue, parce que les deux fauteuils à droite et à gauche de la cheminée étaient en velours d'Utrecht de cette couleur ; mais depuis bien des années ils étaient cachés sous des chemises de percaline grise à galons amaranthe.

Tandis que les servantes de l'hôtel s'empressaient autour de la nouvelle arrivée et lui faisaient leurs offres de service, Léon, qui n'était pas dépourvu de bon sens quoique amoureux, allait à la cuisine commander le dîner.

Il lui fallut employer toute sa rhétorique et quelques moyens de corruption pour obtenir la promesse d'un dîner à part, mais son horreur fut grande lorsqu'il apprit que dans la principale salle à manger, c'est-à-dire à côté de sa chambre, MM. les officiers du 3e hussards qui allaient relever MM. les officiers du 3e chasseurs à N ***, devaient se réunir à ces derniers, le jour même, dans un banquet d'adieu où régnerait une grande cordialité.

L'hôte jura ses grands dieux qu'à part la gaieté naturelle à tous les militaires français, MM. les hussards et MM. les chasseurs étaient connus dans toute la ville pour leur douceur et leur sagesse, et que leur voisinage n'aurait pas le moindre inconvénient pour madame, l'usage de MM. les officiers étant de se lever de table dès avant minuit.

Comme Léon regagnait la chambre bleue sur cette assurance qui ne le troublait pas médiocrement, il s'aperçut que son Anglais occupait la chambre à côté de la sienne.

La porte était ouverte. L'Anglais, assis devant une table sur laquelle étaient un verre et une bouteille, regardait le plafond avec une attention profonde, comme s'il comptait les mouches qui s'y promenaient.

– Qu'importe le voisinage ! se dit Léon. L'Anglais sera bientôt ivre, et les hussards s'en iront avant minuit.

En entrant dans la chambre bleue, son premier soin fut de s'assurer que les portes de communication étaient bien fermées et qu'elles avaient des verrous.

Du côté de l'Anglais il y avait double porte ; les murs étaient épais. Du côté des hussards la paroi était plus mince, mais la porte avait serrure et verrou. Après tout, c'était contre la curiosité une barrière bien plus efficace que les stores d'une voiture, et combien de gens se croient isolés du monde dans un fiacre !

Assurément l'imagination la plus riche ne peut se représenter de félicité plus complète que celle de deux jeunes amants, qui, après une longue attente, se trouvent seuls, loin des jaloux et des curieux, en mesure de se conter à loisir leurs souffrances passées et de savourer les délices d'une parfaite réunion. Mais le Diable trouve toujours le moyen de verser sa goutte d'absinthe dans la coupe du bonheur.

Johnson a écrit, mais non le premier, et l'avait pris à un Grec, que nul homme ne peut se dire : Aujourd'hui je serai heureux. Cette vérité reconnue, à une époque très reculée, par les plus grands philosophes, est encore ignorée par un certain nombre de mortels et singulièrement par la plupart des amoureux.

Tout en faisant un assez médiocre dîner, dans la chambre bleue, de quelques plats dérobés au banquet des chasseurs et des hussards, Léon et son amie eurent beaucoup à souffrir de la conversation à laquelle se livraient ces messieurs dans la salle voisine.

On y tenait des propos étrangers à la stratégie et à la tactique, et que je me garderai bien de rapporter. C'était une suite d'histoires saugrenues, presque toutes fort gaillardes, accompagnées de rires éclatants, auxquels il était parfois assez difficile à nos amants de ne pas prendre part. L'amie de Léon n'était pas une prude, mais il y a des choses qu'on n'aime pas à entendre, même en tête-à-tête avec l'homme qu'on aime.

La situation devenait de plus en plus embarrassante, et comme on allait apporter le dessert de MM. les officiers, Léon crut devoir descendre à la cuisine pour prier l'hôte de représenter à ces messieurs qu'il y avait une femme souffrante dans la chambre à côté d'eux, et qu'on attendait de leur politesse qu'ils voudraient bien faire un peu moins de bruit.

Le maître d'hôtel, comme il arrive dans les dîners de corps, était tout ahuri et ne savait à qui répondre. Au moment où Léon lui donnait son message pour les officiers, un garçon lui demandait du vin de Champagne pour les hussards, une servante du vin de Porto pour l'Anglais.

— J'ai dit qu'il n'y en avait pas, ajouta-t-elle.

— Tu es une sotte. Il y a de tous les vins chez moi. Je vais lui en trouver du Porto ! Apporte-moi la bouteille de ratafia, une bouteille à quinze et un carafon d'eau-de-vie.

Après avoir fabriqué du Porto en un tour de main, l'hôte entra dans la grande salle, et fit la commission que Léon venait de lui donner.

Elle excita tout d'abord une tempête furieuse. Puis une voix de basse qui dominait toutes les autres, demanda quelle espèce de femme était leur voisine ?

Il se fit une sorte de silence. L'hôte répondit :

— Ma foi ! messieurs, je ne sais trop que vous dire. Elle est bien gentille et bien timide. Marie-Jeanne dit qu'elle a une alliance au doigt. Ça se pourrait bien que ce fût une mariée qui vient ici pour faire la noce, comme il en vient des fois.

— Une mariée ! s'écrièrent quarante voix ; il faut qu'elle vienne trinquer avec nous ! Nous allons boire à sa santé, et apprendre au mari ses devoirs conjugaux !

À ces mots on entendit un grand bruit d'éperons, et nos amants tressaillirent, pensant que leur chambre allait être prise d'assaut. Mais soudain une voix s'élève qui arrête le mouvement. Il était évident que c'était un chef qui parlait. Il reprocha aux officiers leur impolitesse, et leur intima l'ordre de se rasseoir et de parler décemment et sans crier. Puis il ajouta quelques mots, trop bas pour être entendu de la chambre bleue. Ils furent écoutés avec déférence, mais non sans exciter pourtant une certaine hilarité contenue.

À partir de ce moment il y eut dans la salle des officiers un silence relatif, et nos amants, bénissant l'empire salutaire de la discipline, commencèrent à se parler avec plus d'abandon... Mais après tant de tracas, il fallait du temps pour retrouver les tendres émotions que l'inquiétude, les ennuis du voyage, et surtout la grosse joie de leurs voisins avaient fortement troublées. À leur âge cependant la chose n'est pas très difficile, et ils eurent bientôt oublié tous les désagréments de leur expédition aventureuse pour ne plus penser qu'aux plus importants de ses résultats.

Ils croyaient la paix faite avec les hussards ; hélas ! ce n'était qu'une trêve. Au moment où ils s'y attendaient le moins, lorsqu'ils étaient à mille lieues de ce monde sublunaire, voilà vingt-quatre trompettes soutenues de quelques trombones, qui sonnent l'air connu des soldats français : « La victoire est à nous ! » Le moyen de résister à pareille tempête ! Les pauvres amants furent bien à plaindre.

Non, pas tant à plaindre, car à la fin les officiers quittèrent la salle à manger, défilant devant la porte de la chambre bleue avec un grand cliquetis de sabres et d'éperons, et criant l'un après l'autre :

– Bonsoir ! madame la mariée.

Puis tout bruit cessa. Je me trompe, l'Anglais sortit dans le corridor, et cria :

– Garçon ! apportez-moi une autre bouteille du même porto.

Le calme était rétabli dans l'hôtel de N ***. La nuit était douce, la lune dans son plein. Depuis un temps immémorial les amants se plaisent à regarder notre satellite. Léon et son amie ouvrirent leur fenêtre qui donnait sur un petit jardin, et aspirèrent avec plaisir l'air frais qu'embaumait un berceau de clématites.

Ils n'y restèrent pas longtemps toutefois. Un homme se promenait dans le jardin, la tête baissée, les bras croisés, un cigare à la bouche. Léon crut reconnaître le neveu de l'Anglais qui aimait le bon vin de Porto.

Je hais les détails inutiles, et d'ailleurs je ne me crois pas obligé de dire au lecteur tout ce qu'il peut facilement imaginer, ni de raconter, heure par heure, tout ce qui se passa dans l'hôtel de N ***. Je dirai donc que la bougie qui brûlait sur la cheminée sans feu de la chambre bleue était plus d'à-moitié consumée, quand dans l'appartement de l'Anglais, naguère silencieux, un bruit étrange se fit entendre, comme un corps lourd peut en produire en tombant. À ce bruit se joignit une sorte de craquement non moins étrange, suivi d'un cri étouffé et de quelques mots indistincts, semblables à une imprécation.

Les deux jeunes habitants de la chambre bleue tressaillirent. Peut-être avaient-ils été réveillés en sursaut. Sur l'un et l'autre, ce bruit qu'ils ne s'expliquaient pas, avait causé une impression presque sinistre.

— C'est notre Anglais qui rêve, dit Léon, en s'efforçant de sourire. Mais il voulait rassurer sa compagne, et il frissonna involontairement.

Deux ou trois minutes après, une porte s'ouvrit dans le corridor, avec précaution, comme il semblait ; puis elle se referma très doucement. On entendit un pas lent et mal assuré, qui selon toute apparence, cherchait à se dissimuler.

— Maudite auberge ! s'écria Léon.

— Ah ! c'est le paradis ! répondit la jeune femme en laissant tomber sa tête sur l'épaule de Léon... Je meurs de sommeil... Elle soupira, et se rendormit presque aussitôt.

Un moraliste illustre a dit que les hommes ne sont jamais bavards lorsqu'ils n'ont plus rien à demander. Qu'on ne s'étonne donc point si Léon ne fit aucune tentative pour renouer la conversation, ou disserter sur les bruits de l'hôtel de N ***. Malgré lui, il en était préoccupé, et son imagination y rattachait maintes circonstances auxquelles dans une autre disposition d'esprit il n'eût fait aucune attention. La figure sinistre du neveu de l'Anglais lui revenait en mémoire. Il y avait de la haine dans le regard qu'il jetait à son oncle, tout en lui parlant avec humilité, sans doute parce qu'il lui demandait de l'argent.

Quoi de plus facile à un homme jeune encore et vigoureux, désespéré en outre, que de grimper du jardin à la fenêtre de la chambre voisine ? D'ailleurs il logeait dans l'hôtel, puisque la nuit il se promenait dans le jardin. Peut-être... probablement même... indubitablement, il savait que le sac noir de son oncle renfermait une grosse liasse de billets de banque... Et ce coup sourd ! comme un coup de massue sur un crâne chauve... ce cri étouffé !... ce jurement affreux ! et ces pas ensuite. Ce neveu avait la mine d'un assassin... mais on n'assassine pas dans un hôtel plein d'officiers. Sans doute cet Anglais avait mis le verrou, en homme prudent, surtout sachant le drôle aux environs... Il s'en défiait, puisqu'il n'avait pas voulu l'aborder avec son sac à la main... Pourquoi se livrer à des pensées hideuses quand on est si heureux ?

Voilà ce que Léon se disait mentalement. Au milieu de ces pensées que je me garderai d'analyser plus longuement, et qui se présentaient à lui presque aussi confuses que les visions d'un rêve, il avait les yeux fixés machinalement vers la porte de communication entre la chambre bleue et celle de l'Anglais.

En France, les portes ferment mal. Entre celle-ci et le parquet il y avait un intervalle d'au moins deux centimètres. Tout d'un coup, dans cet intervalle à peine éclairé par le reflet du parquet, parut quelque chose de noirâtre, plat, semblable à une lame de couteau, car le bord frappé par la lumière de la bougie présentait une ligne mince, très brillante. Cela se mouvait lentement dans la direction d'une petite mule de satin bleu, jetée indiscrètement à peu de distance de cette porte. Était-ce quelque insecte comme un mille-pattes ?... Non, ce n'est pas un insecte. Cela n'a pas de forme déterminée... Deux ou trois traînées brunes, chacune avec sa ligne de lumière sur les bords, ont pénétré dans la chambre. Leur mouvement s'accélère, grâce à la pente du parquet... Elles s'avancent rapidement, elles viennent effleurer la petite mule. Plus de doute ! c'est un liquide, et ce liquide, on en voyait maintenant distinctement la couleur à la lueur de la bougie, c'était du sang ! Et tandis que Léon immobile regardait avec horreur ces traînées effroyables, la jeune femme dormait toujours d'un sommeil tranquille, et sa respiration régulière échauffait le cou et l'épaule de son amant.

Le soin qu'avait eu Léon de commander le dîner dès en arrivant dans l'hôtel de N*** prouve suffisamment qu'il avait une assez bonne tête, une intelligence élevée, et qu'il savait prévoir. Il ne démentit pas en cette occasion le caractère qu'on a pu lui reconnaître déjà. Il ne fit pas un mouvement, et toute la force de son esprit se tendit avec effort pour prendre une résolution, en présence de l'affreux malheur qui le menaçait.

Je m'imagine que la plupart de mes lecteurs, et surtout mes lectrices, remplis de sentiments héroïques, blâmeront en cette circonstance la conduite et l'immobilité de Léon. Il aurait dû, me dira-t-on, courir à la chambre de l'Anglais, et arrêter le meurtrier ; tout au moins tirer sa sonnette et carillonner les gens de l'hôtel.

À cela je répondrai d'abord que dans les hôtels en France il n'y a de sonnettes que pour l'ornement des chambres, et que leurs cordons ne correspondent à aucun appareil métallique. J'ajouterai respectueusement, mais avec fermeté, que s'il est mal de laisser mourir un Anglais à côté de soi, il n'est pas louable de lui sacrifier une femme qui dort la tête sur votre épaule.

Que serait-il arrivé si Léon eût fait un tapage à réveiller l'hôtel ? Les gendarmes, le procureur impérial et son greffier seraient arrivés aussitôt. Avant de lui demander ce qu'il avait vu ou entendu, ces messieurs sont, par profession, si curieux, qu'ils lui auraient dit tout d'abord : – Comment vous nommez-vous ? Vos papiers ? Et madame ? Que faisiez-vous ensemble dans la chambre bleue ? Vous aurez à comparaître en cour d'assises pour dire que le tant de tel mois, à telle heure de nuit, vous avez été les témoins de tel fait.

Or, c'est précisément cette idée de procureur impérial et de gens de justice qui la première se présenta à l'esprit de Léon.

Il y a parfois dans la vie de ces cas de conscience difficiles à résoudre : vaut-il mieux laisser égorger un voyageur inconnu, ou déshonorer et perdre la femme qu'on aime ? Il est désagréable d'avoir à se poser un pareil problème. J'en donne en dix la solution au plus habile.

Léon fit donc ce que probablement plusieurs eussent fait à sa place : il ne bougea pas.

Les yeux fixés sur la mule bleue et le petit ruisseau rouge qui la touchait, il demeura longtemps comme fasciné, tandis qu'une sueur froide mouillait ses tempes, et que son cœur battait dans sa poitrine à la faire éclater.

Une foule de pensées et d'images bizarres et horribles l'obsédaient, et une voix intérieure lui criait à chaque instant : Dans une heure on saura tout, et c'est ta faute !

Cependant, à force de se dire : Qu'allais-je faire dans cette galère ? on finit par apercevoir quelques rayons d'espérance. Il se dit enfin : Si nous quittons ce maudit hôtel avant la découverte de ce qui s'est passé dans la chambre à côté, peut-être pourrions-nous faire perdre nos traces. Personne ne nous connaît ici : on ne m'a vu qu'en lunettes bleues ; on ne l'a vue que sous son voile. Nous sommes à deux pas d'une station, et en une heure nous serions bien loin de N ***.

Puis, comme il avait longuement étudié l'*Indicateur*, pour organiser son expédition, il se rappela qu'un train passait à huit heures, allant à Paris. Bientôt après, on serait perdu dans l'immensité de cette ville où se cachent tant de coupables. Qui pourrait y découvrir deux innocents ? Mais n'entrerait-on pas chez l'Anglais avant huit heures ? Toute la question était là.

Bien convaincu qu'il n'avait pas d'autre parti à prendre, il fit un effort désespéré pour secouer la torpeur qui s'était emparée de lui depuis si longtemps ; mais au premier mouvement qu'il fit, sa jeune compagne se réveilla et l'embrassa à l'étourdie.

Au contact de sa joue glacée, elle laissa échapper un petit cri :

– Qu'avez-vous ? lui dit-elle avec inquiétude. Votre front est froid comme un marbre.

– Ce n'est rien, répondit-il, d'une voix mal assurée. J'ai entendu un bruit dans la chambre à côté.

Il se dégagea de ses bras, et d'abord écarta la mule bleue et plaça un fauteuil devant la porte de communication, de manière à cacher à son amie l'affreux liquide qui, ayant cessé de s'étendre, formait maintenant une tache assez large sur le parquet.

Puis il entrouvrit la porte qui donnait sur le corridor, et écouta avec attention ; il osa même s'approcher de la porte de l'Anglais. Elle était fermée.

Il y avait déjà quelque mouvement dans l'hôtel. Le jour se levait. Les valets d'écurie pansaient les chevaux dans la cour, et du second étage un officier descendait les escaliers en faisant résonner ses éperons. Il allait présider à cet intéressant travail, plus agréable aux chevaux qu'aux humains, et qu'en termes techniques on appelle *la botte*.

Léon rentra dans la chambre bleue, et avec tous les ménagements que l'amour peut inventer, à grand renfort de circonlocutions et d'euphémismes, il exposa à son amie la situation où ils se trouvaient.

Danger de rester ; danger de partir trop précipitamment ; danger encore plus grand d'attendre dans l'hôtel que la catastrophe de la chambre voisine fût découverte.

Inutile de dire l'effroi causé par cette communication, les larmes qui la suivirent, les propositions insensées qui furent mises en avant.

Que de fois les deux infortunés se jetèrent dans les bras l'un de l'autre, en se disant : – Pardonne-moi ! pardonne-moi ! Chacun se croyait le plus coupable.

Ils se promirent de mourir ensemble, car la jeune femme ne doutait pas que la justice ne les trouvât coupables du meurtre de l'Anglais, et comme ils n'étaient pas sûrs qu'on leur permît de s'embrasser encore sur l'échafaud, ils s'embrassèrent à s'étouffer, s'arrosant à l'envi de leurs larmes.

Enfin, après avoir dit bien des absurdités et bien des mots tendres et déchirants, ils reconnurent, au milieu de mille baisers, que le plan médité par Léon, c'est-à-dire le départ par le train de huit heures, était en réalité le seul praticable et le meilleur à suivre.

Mais restaient encore deux mortelles heures à passer. À chaque pas dans le corridor, ils frémissaient de tous leurs membres. Chaque craquement de bottes leur annonçait l'entrée du procureur impérial.

Leur petit paquet fut fait dans un clin d'œil.

La jeune femme voulait brûler dans la cheminée la mule bleue, mais Léon la ramassa, et après l'avoir essuyée à la descente de lit, il la baisa et la mit dans sa poche. Il fut surpris de trouver qu'elle sentait la vanille : son amie avait pour parfum le bouquet de l'impératrice Eugénie.

Déjà tout le monde était réveillé dans l'hôtel. On entendait des garçons qui riaient, des servantes qui chantaient, des soldats qui brossaient les habits des officiers. Sept heures venaient de sonner. Léon voulut obliger son amie à prendre une tasse de café au lait, mais elle déclara que sa gorge était si serrée, qu'elle mourrait si elle essayait de boire quelque chose.

Léon, muni de ses lunettes bleues, descendit pour payer sa note. L'hôte lui demanda pardon du bruit qu'on avait fait, et qu'il ne pouvait encore s'expliquer, car messieurs les officiers étaient toujours si tranquilles ! Léon l'assura qu'il n'avait rien entendu, et qu'il avait parfaitement dormi.

– Par exemple, votre voisin de l'autre côté, continua l'hôte, n'a pas dû vous incommoder. Il ne fait pas beaucoup de bruit, celui-là. Je parie qu'il dort encore sur les deux oreilles.

Léon s'appuya fortement au comptoir, pour ne pas tomber, et la jeune femme qui avait voulu le suivre, se cramponna à son bras, en serrant son voile devant ses yeux.

— C'est un mylord, poursuivit l'hôte impitoyable. Il lui faut toujours du meilleur. Ah ! c'est un homme bien comme il faut ! Mais tous les Anglais ne sont pas comme lui. Il y en avait un ici qui est un pingre. Il trouvait tout trop cher, l'appartement, le dîner. Il voulait me compter son billet pour 125 francs... un billet de la banque d'Angleterre, de cinq livres sterling... Pourvu encore qu'il soit bon ! Tenez, monsieur, vous devez vous y connaître, car je vous ai entendu parler anglais avec madame... est-il bon ?

En parlant ainsi, il lui présentait une banknote de cinq livres sterling. Sur un des angles il y avait une petite tache rouge que Léon s'expliqua aussitôt.

— Je le crois fort bon, dit-il, d'une voix étranglée.

— Oh ! vous avez bien le temps, reprit l'hôte ; le train ne passe qu'à huit heures, et il est toujours en retard. Veuillez donc vous asseoir, madame ; vous semblez fatiguée...

En ce moment une grosse servante entra :

— Vite de l'eau chaude ! dit-elle, pour le thé de mylord... Apportez aussi une éponge ! Il a cassé sa bouteille, et toute sa chambre est inondée.

À ces mots, Léon se laissa tomber sur une chaise ; sa compagne en fit de même. Une forte envie de rire les prit tous les deux, et ils eurent quelque peine à ne pas éclater. La jeune femme lui serra joyeusement la main.

— Décidément, dit Léon à l'hôte, nous ne partirons que par le train de deux heures. Faites-nous un bon déjeuner pour midi.

Composé et écrit par

PROSPER MÉRIMÉE,
fou de S.M. l'Impératrice.

Prosper Mérimée

La Chambre bleue

Prosper Mérimée

La Chambre bleue